铁杉山上的熊
The Bears on Hemlock Mountain

[美] 艾丽斯·达格利什 著

汪小英 译

中信出版集团 | 北京

图书在版编目（CIP）数据

铁杉山上的熊 /（美）艾丽斯·达格利什著；汪小英译. -- 北京：中信出版社，2021.1 (2022.2重印)
书名原文：The Bears on Hemlock Mountain
ISBN 978-7-5217-2268-0

Ⅰ.①铁… Ⅱ.①艾…②汪… Ⅲ.①儿童小说—短篇小说—美国—现代 Ⅳ.①I712.84

中国版本图书馆CIP数据核字（2020）第204152号

Bears on Hemlock Mountain by Alice Dalgliesh
Copyright © 1952 by Alice Dalgliesh
Copyright renewed © 1980 by Margaret Evans
Published by arrangement with Atheneum Books for Young Readers, An imprint of Simon & Schuster Children's Publishing Division
All rights reserved. No part of this book may be reproduced or transmitted in any form or by any means, electronic or mechanical, including photocopying, recording or by any information storage and retrieval system, without permission in writing from the Publisher.
Simplified Chinese translation copyright © 2021 by CITIC Press Corporation
ALL RIGHTS RESERVED

本书仅限中国大陆地区发行销售

铁杉山上的熊

著　　者：[美]艾丽斯·达格利什
译　　者：汪小英
出版发行：中信出版集团股份有限公司
　　　　　（北京市朝阳区惠新东街甲4号富盛大厦2座　邮编　100029）
承　印　者：北京诚信伟业印刷有限公司

开　　本：880mm×1230mm　1/32　印　张：1.75　字　数：24千字
版　　次：2021年1月第1版　　　　　印　次：2022年2月第2次印刷
京权图字：01-2020-6404
书　　号：ISBN 978-7-5217-2268-0
定　　价：22.00元

版权所有·侵权必究
如有印刷、装订问题，本公司负责调换。
服务热线：400-600-8099
投稿邮箱：author@citicpub.com

目录

Contents

第一章　乔纳森 . 1

第二章　小叔叔詹姆斯 . 5

第三章　大铁锅 . 11

第四章　上山 . 17

第五章　下山 . 21

第六章　艾玛姑姑的家 . 25

第七章　也许有熊 . 31

第八章　乔纳森，小心！. 37

第九章　雪地上的爪印 . 41

第十章　熊出没 . 47

Chapter 1

第一章
乔纳森

第一章 乔纳森

乔纳森的家是一座灰色的石屋,坐落在铁杉山下。铁杉山是个山丘,不算很大。可是一有人开始这么叫,这个名字就保留下来。现在人们总说"翻过铁杉山"。

乔纳森才八岁就独自翻过铁杉山。跟同龄的孩子比,他显得又高又壮。因此,妈妈才放心让他一个人翻山。

去冬很冷,即使现在已经开春,可雪还没有化。冰天雪地的,小鸟、松鼠和兔子很难觅食,所以,乔纳森每天都记着喂他们。他喜欢小鸟和这些小动物,辨认得出每一种动物的脚印。

虽然小动物觅食难,但吃东西对乔纳森的亲戚们来说却一点儿不难。他们要是想吃东西,只需要去铁杉山下的灰石头盖的房子,那儿什么都有。乔纳森的妈妈特别会做饭,所有的叔叔、姑姑和堂表兄弟姐妹都知道这个。他们喜欢来,坐在挨着大壁炉的饭桌前,吃乔纳森妈妈做的饭。

好吃的真多:外焦里嫩的烤鸡、烤鸭或是烤鹅,还有

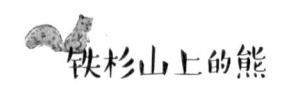

土豆、胡萝卜和玉米。当然了,还有南瓜馅、苹果馅、菜瓜馅的馅饼。爱吃饼干的还会吃到又香又脆、做成各种形状的饼干。

乔纳森的妈妈喜欢招待客人。不过,有时,或者偶尔,她希望他们来得别太勤,也就是说那些叔叔、姑姑、堂表兄弟姐妹,别老是那么饿。

Chapter 2

第二章
小叔叔詹姆斯

第二章 小叔叔詹姆斯

小男生很喜欢他的叔叔们,他也喜欢他的堂表兄弟姐妹和他的姑姑们。对于一个男孩子来说,有这么多的叔叔、姑姑真是很不错,如果所有的叔叔和姑姑肩并肩站成一排,他们能从房前一直排到院子的大门,差不多就有那么长。

他喜欢所有的叔叔,尤其喜欢小叔叔詹姆斯。小叔叔詹姆斯只有十四岁,和乔纳森是好朋友。

小叔叔詹姆斯的眼睛和耳朵都很好使。

他会跟乔纳森说:"快看,那段树桩底下有只兔子。"

然后他和乔纳森就都不出声了。他们看见那只褐色的小兔子在认真地洗脸、洗耳朵。

小叔叔詹姆斯还会说:"听!有只歌雀!他在说什么?你听得出吗?"

于是他和乔纳森就都不出声了,他们看见那只歌雀正站在树枝上唱呢,没完没了地唱着:

"快坐上茶壶、茶壶、茶壶!"

铁杉山上的熊

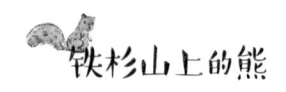

一次，乔纳森和小叔叔詹姆斯来到小溪旁。太阳已经快下山了，他们俩在地上投下长长的影子。

乔纳森说："咱们能看到什么呢？"

小叔叔詹姆斯说："你就会看到的。"

于是，他们就在那里耐心地等，竖起耳朵听。这么纹丝不动一声不出，对乔纳森来说简直太不容易了。

他们等啊等，终于等来了一只浣熊。只见他来到河边，嘴上叼着一只苹果。

小叔叔詹姆斯说："看，好好看，乔纳森。"

乔纳森望过去，只见这只浣熊用两只前爪拿着苹果，把苹果在水里蘸来蘸去。

小叔叔詹姆斯说："浣熊爱把食物弄湿了再吃。"

就这样，乔纳森和小叔叔詹姆斯用耳朵听，用眼睛看。他们从来也不往动物身上扔树枝，或者把鸟给吓跑。很快，鸟和别的动物都成了他们的朋友。松鼠是最要好的朋友，他们离乔纳森很近，从他的手里拿坚果。

乔纳森问："小叔叔詹姆斯，你看见过熊吗？"

小叔叔詹姆斯的神情一下变得严肃起来，说："乔纳森，我觉得我见过，但那是很多年以前的事了。"

第二章 小叔叔詹姆斯

"多少年以前？"

"在你还没生出来的时候。没错，在你出生之前。"

乔纳森说："我很想见到一只真正的熊，在这个世界上，我最想见的就是一只熊。"

小叔叔詹姆斯说："你也许会见到的。"

他只是说说。可是，乔纳森心里总是放不下这件事。

Chapter 3

第三章
大铁锅

第三章 大铁锅

既然有了那么多的姑姑、叔叔,肯定就会有很多的堂表兄弟姐妹。乔纳森新的堂表弟妹源源不断地到来。

乔纳森现在就有一个新出生的表弟要受洗礼,当然所有的叔叔、姑姑和稍大的堂表兄妹,都要上教堂参加洗礼。他们想,在那之后,要是大家一起在灰色石屋里吃上一顿,一定很不错。

亲戚们有的时候来一个,有的时候来两个,有的时候三四个地来,甚至五六个地来,这都不成问题。可是,这一回他们大大小小一共要来二十口。

乔纳森的妈妈叫道:"二十口!这可怎么办?"

乔纳森的爸爸说:"给他们做一大锅香喷喷的炖菜,先吃炖菜,然后再吃饼干,我觉得就差不多了。"

乔纳森的妈妈说:"是个好主意。"她正在擀做饼干的面饼,还要刻出星星、铃铛、心形、花、兔子、小鸟等十来种花样。

铁杉山上的熊

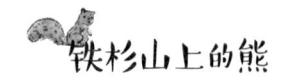

"主意倒是不错,可是满世界上哪儿去找那么大的锅,能一下做出二十口人的饭?不,不是二十口,是二十三口,因为还得再加上咱们三个:你、乔纳森,还有我。"

乔纳森的爸爸说:"是呀,而且别忘了,这么冷的天让我老是觉得饿。"

他当然觉得饿。

因为他块头大,干活多。即使在冬天,他也没有闲着的时候:要给奶牛挤奶,还要喂牲口,还得劈木柴。乔纳森的妈妈做出各式各样的好东西,全凭炉火烧得旺。乔纳森则帮忙把劈好的木柴抱进屋。

乔纳森的妈妈琢磨来琢磨去:用多大的锅才能做出那么多人吃的东西?

这时,乔纳森抱着一抱木柴进屋来。她对乔纳森说:"我想出来了。艾玛姑姑住在铁杉山的另一边,她有一口铁锅,那是你见过的最大的锅。"

乔纳森说:"我压根儿没看见过。"

妈妈说:"你这就要看见了。你爸爸太忙了,没时间去拿。你倒是可以去取。"

乔纳森吓了一跳:"我?我一个人?听说铁杉山上有熊!"

第三章 大铁锅

妈妈说:"那是瞎说,我一个人好几次过铁杉山,没遇见过一只熊。你的小叔叔詹姆斯一定编故事哄你呢。再说,要是真有熊,这会儿也在冬眠。其实,根本就没有熊!"

乔纳森说:"路那么远,锅那么沉,春天来了,万一熊睡醒了呢?"

妈妈说:"你已经是个大孩子了,穿上厚大衣,戴上暖和的帽子和围巾。快点儿,因为你还得在天黑之前赶回来。明天一大早,我就得做大锅炖菜。"

于是,乔纳森穿上了大衣,围上了围脖,把帽子拉到耳朵上。他在衣兜里装上果仁和面包渣。果仁是给铁杉山上的松鼠带的,面包渣是给小鸟的。

乔纳森往大门口走,靴子踩着雪,扑哧、扑哧……忽然,他又转身走了回来。

他推开门说:"妈,给我一些胡萝卜吧!"

"要哪门子胡萝卜?"

"给铁杉山上的兔子呀,我给松鼠带了果仁,给鸟儿带了面包渣,我还要给兔子带些胡萝卜。"

妈妈说:"哦,没问题!"她给了乔纳森几根胡萝卜,又从罐子里抓了一把饼干,说:"这是给你吃的,万一你回

铁杉山上的熊

来晚了。天黑得早,你千万不能太晚回来。"

乔纳森说:"谢谢,我不会晚的,因为也许铁杉山上有熊。"

说完,他又出发了,扑哧、扑哧踩着雪,院子里留下一串大脚印。

Chapter 4

第四章
上山

第四章 上山

等到乔纳森走远了,再也看不见了,妈妈开始有些担心:铁杉山上会不会真的有熊?

她对自己说,全是瞎说,铁杉山上根本就没有熊。可是,也许……她又接着做起饼干来,想要打消这个念头。

可是她怎么都做不到。她发现刻出的饼干排成了一段话,好像还挺押韵:

"铁杉山上没有熊,一只也没有。铁杉山上根本没有熊,没有,没有,没有,根本就没有。"

乔纳森一边爬着山,一边吃着饼干。

铁杉山上静悄悄,只有乔纳森的靴子踩在雪里,发出扑哧、扑哧的响声。一回头,他就看见自己留下的大脚印。他觉得很孤单,就按照脚步的节奏编了首歌:

"铁杉山上没有熊,一只也没有。铁杉山上根本没有熊,没有,没有,没有,根本就没有。"

乔纳森爬上了铁杉山顶,已经累得上气不接下气。于

铁杉山上的熊

是,他找了一条横木,坐下来休息。他一边休息,一边从兜里掏出来果仁、胡萝卜和面包渣,把它们丢到远处的雪地上。

过了一会儿,四周有了一些动静。兔子从树林里跑了出来。他们在雪地上一蹦一跳,直奔乔纳森放的胡萝卜而去。

松鼠也从树林里跑了出来。他们的亮眼睛四处打量,手抱在胸前:松鼠就是这样。他们,直奔着乔纳森放的果仁去了。冬天的鸟儿也飞出树林,他们跳着,喳喳叫,去吃乔纳森撒的面包渣。

乔纳森一动不动地静静地坐着,不再觉得孤单,也不再担心有熊。很多小伙伴在陪着他。

他坐在那里,看着兔子、松鼠和鸟儿,看了很长时间。可是时间一点一点过去,天上的太阳没有先前那么高了,乔纳森知道该动身了。

于是,他站起身来,下山去。他的靴子踩在雪地上,发出扑哧、扑哧的响声。

小兔子们一跳一跳回到了树林里。松鼠们双手抱在胸前,四下打量,然后嗖嗖蹿到了树上。小鸟也都飞到了树枝上。又剩下乔纳森一个人了。

Chapter 5

第五章
下 山

第五章 下山

乔纳森开始下山。四周非常安静,他的靴子踩在雪地里发出扑哧、扑哧的声响。他回头望去,看见雪地上他留下的一长串大脚印。

好静啊,真是太静了,只有乔纳森扑哧、扑哧踏着积雪的脚步声。为了给自己打气,他一边走,一边对自己说:

"铁杉山上没有熊,一只也没有。铁杉山上根本没有熊,没有,没有,没有,根本就没有。"

下山比上山快多了。没过多久,他就到了山脚下。他停下脚步,回头望着自己留下的大脚印,除了他的,再也没有其他脚印了。整座铁杉山上只有乔纳森一个人。他一想到这个,就感到很孤单。

正当乔纳森站在那里出神,他突然听到了一种奇怪的、微弱的声响。滴答、滴答、滴答!在山的南面,阳光更暖,雪和冰都开始融化了。树上滴下水来,滴答、滴答。石头

铁杉山上的熊

上滴下水来,滴答、滴答。乔纳森自言自语道:"听起来像是春天,感觉起来也像是春天,但愿熊还没有发现春天来了!"

Chapter 6

第六章
艾玛姑姑的家

第六章 艾玛姑姑的家

一想到春天里的熊,乔纳森就觉得应当快去快回。

他加快了脚步。在铁杉山南面的山脚下,太阳更加温暖,从树上不停地滴下水来。靴子踩进雪里不再发出扑哧、扑哧的响声,而是陷进去,脚印也比以前大了。

很快,他就来到了艾玛姑姑家。院子门口有几只鸟,在雪地上跳来跳去找食吃。乔纳森摸了摸衣兜,还剩下一些面包渣,他把面包渣撒给鸟,然后绕到了后门,扣响了门上的铜门环。门环发出的声音很大,但是很悦耳,令他舒服,不再让他觉得孤单。乔纳森等着姑姑来开门,想到自己独自翻山,顺利安全地到了姑姑家,他感到自己强壮、勇敢、了不起,好像长高了一截儿。

厨房里传来匆匆的脚步声。门开了,姑姑站在那里,穿着一件大白围裙。乔纳森估计她正在做吃的,他这时已经非常非常饿了。

艾玛姑姑一见他就叫道:"乔纳森,我的乖乖!冰天雪

铁杉山上的熊

地的,你怎么跑来了?快进来吧!"

乔纳森知道姑姑很爱干净,进屋之前,他先把鞋子上的雪抖干净。

他进到厨房。厨房里很暖和,炉子烧得正旺,空气里飘着点心的香味。乔纳森闻了闻,嗯,是烤饼干的味儿!

他努力做到有礼貌,不去闻饼干的味儿。他在摇椅上坐下,忍着饿。他路上吃过饼干,但已经过去很久了。

艾玛姑姑说:"乔纳森,你来有什么事情?"

乔纳森恭恭敬敬地说:"我来看看您。"他真是饿得要命。那只大黑猫走到他身边,蹭他的腿。乔纳森伸手抚摸着他。

姑姑说:"别瞎说,你不可能跑这么远,翻过铁杉山,只是为了看看我。"

姑姑盯着乔纳森,问道:"乔纳森,你该不是一个人过的铁杉山吧?"

乔纳森说:"是啊,怎么了?"

姑姑说:"因为——"

乔纳森问:"因为什么?"

"因为,没什么。"

第六章 艾玛姑姑的家

可是乔纳森知道,她在想熊的事。

黑猫拱起背来,发出呼噜声。乔纳森有点儿忍不住,又偷偷闻了一小下。

再闻一下,再闻一下。他说:"好香啊!"

他深吸了一口气。

姑姑叫道:"我的乖乖!你爬了一座山,准是饿坏了!吃一块饼干吧!"

乔纳森连忙说:"好的,谢谢!"他希望自己没有显得太心急。他还希望不会真的只给他"一块"。

其实他用不着担心。姑姑端来满满一大盘子饼干,放在旁边的桌子上,又拿来一个大瓷杯和一只用来盛鲜奶的蓝罐子。

嗯!饼干真好吃。虽然样子比他妈妈做的还差一点儿,可是,一样好吃。

乔纳森一边吃饼干,一边在摇椅上晃悠。他还喝了牛奶。就这样,一边吃,一边喝,一边晃悠。厨房架子上的座钟嘀嗒嘀嗒地走着,一直在提醒着他:时间在一分一秒地过去。

"嘀嗒、嘀嗒,该动身了,嘀嗒、嘀嗒。"

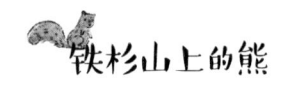

可是，乔纳森轻轻摇晃着，吃着，没有听见钟表的声响。

"嘀嗒、嘀嗒，嘀嗒、嘀嗒。"

炉火真暖和，乔纳森都吃撑了。摇椅渐渐停下了摇摆，乔纳森的眼睛也慢慢合上了，他就这么睡着啦！

姑姑心想：我的乖乖！真不明白这孩子是为什么来的。可是叫醒他也怪不忍心的……

于是，她就由着他睡下去了。

Chapter 7

第七章
也许有熊

第七章 也许有熊

时间一分一秒地过去,乔纳森熟睡着,天上的太阳不如以前高了。

厨房里的座钟说:"嘀嗒、嘀嗒,该离开了。"可乔纳森还一个劲儿地睡不醒。

那只大黑猫也挨着壁炉睡着了。不过,他终于睡醒了,站起来,伸了个懒腰,走过来蹭乔纳森的腿。

他一边蹭,一边发出呼噜声,那种轰轰隆隆的声音很大,乔纳森这才醒来。

他一时忘了自己在哪里,过了一阵儿才记起来。

他叫道:"坏了,时间不早了,妈妈叫我一定在天黑之前回到家!"

姑姑说:"要是马上走,还来得及。"她还是不明白,乔纳森为什么来,难道就是为了吃烤饼干吗?为什么呢?他妈妈最会做饼干的呀!她怎么也想不明白这件事。

乔纳森围好了围巾,穿上了大衣,蹬上了靴子,客客

铁杉山上的熊

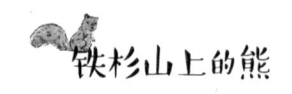

气气地告辞:"艾玛姑姑再见!"

"再见了,乔纳森,路上别耽误,赶紧翻过那座山。"

"为什么呢?"

"因为……"

"因为什么?"

"哦,没什么……"

乔纳森肯定她指的是熊,但是他一点儿不害怕,头也不回地奔着铁杉山走去。

走了挺长的一段路,乔纳森这才想起来。他一动不动地站在雪地里生自己的闷气。你我都知道,他忘记了一件事:大铁锅!

没有别的办法,可怜的乔纳森只好又返回来。

他一边走,一边对自己说:"我真笨!我真笨!"

很快,他又来到了姑姑家门口,再次扣响门环。姑姑跑来开门。

"乔纳森,你忘了什么?"

乔纳森只好坦白:"我忘了我来是为了什么。妈妈让我来借那口大铁锅。去完教堂之后,所有的姑姑、叔叔、堂表亲戚都来我们家吃晚饭。"

第七章 也许有熊

艾玛姑姑说:"我也会去,我很乐意把大铁锅借给你!"

她跑回厨房拿来那口大铁锅。它可真大!

看着它,乔纳森不再觉得自己长高了,哪怕一英寸,他觉得自己只是个小不点儿。

"你能行吗?"

乔纳森鼓起勇气说:"我能行。"他拎起铁锅的提梁,再一次朝着铁杉山进发。

看着他渐渐走远,姑姑不禁担心起来。

她对着黑猫说:"他的个头还不够大,而且天也快黑了。"

黑猫说:"呼噜、呼噜。"

姑姑有些心烦,说:"行了,你别跟我说,你知道,会有熊,就在铁杉山上。"

第八章
乔纳森，小心！

Chapter 8

第八章 乔纳森，小心！

乔纳森背着大铁锅翻铁杉山。

天色真的越来越暗。乔纳森知道，必须赶快。可是铁锅很重，乔纳森的步伐沉重又缓慢。他一步一步踩着他下山时的脚印。

天完全黑下来。树影黑乎乎的，树林也黑乎乎的，挺吓人。

"啪！"一声响，是树枝断了的声音，因为四周一片寂静，显得很响，简直就像枪响。

"呼呼！"猫头鹰的叫声传来，显得好孤单！

乔纳森开始担心会不会有熊。为了给自己打气，他就跟自己说话，和着脚步的节拍：

"铁杉山上没有熊，没有，没有，没有，根本就没有。"

他累得够呛，有点儿上气不接下气。他歇了歇，又接着念叨：

"铁杉山上没有熊，没有熊，没有熊。"

铁杉山上的熊

小心！乔纳森，小心！那是什么？就在山顶上，那是两个大黑……什么？

他们走得很慢，可还是越来越近，越来越近……

乔纳森得赶紧想办法。只有一个办法，他就那样做了。

他在雪地上挖了个坑，爬了进去，再把锅扣在上面。

大铁锅就像一个避难的小屋，乔纳森又挖了一个小孔，用来透气。然后他就蹲在那儿等。

Chapter 9

第九章
雪地上的爪印

第九章 雪地上的爪印

咔嚓、咔嚓、咔嚓！大爪子踩在雪上发出响声。

熊来了！

咔嚓、咔嚓、咔嚓！越来越近，越来越近……

乔纳森吓得头发都立起来了，一时间想到很多事。他想起妈妈和爸爸，他们家的灰色石屋，他们担心他吗？会出来找他吗？他又想到这两只熊，他们是怎么知道春天来了的？

咔嚓、咔嚓、咔嚓！越来越近，越来越近……

乔纳森想给自己打气，就按着这咔嚓的节奏胡乱编了个顺口溜：

"没有熊啊，没有熊，铁杉山上，没有熊，一只也没有。"

突然，咔嚓声停了，两只熊走到了大铁锅跟前！

乔纳森都听得见他们的喘气声。

他就这样孤身一人被困在铁杉山上。

铁杉山上的熊

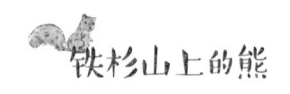

突然之间,除了熊的喘息,又响起了别的声音,是叽叽喳喳的鸟叫。小鸟睡觉前的叫声听起来又温柔又舒服。猛然间,乔纳森想起来,树上住着好多小鸟和松鼠,他并不是孤身一人在铁杉山上。

也许熊也知道这个,也许他们还没有从长长的冬眠里完全醒来,他们在大铁锅前面坐下来,坐在那儿等啊等,并没有掀起那口大铁锅。

锅底下特别黑,乔纳森待得很难受。他听见熊在锅边上闻啊闻,可怜的乔纳森!

他对自己说:"嗨,你为什么在艾玛姑姑家待那么久?你为什么吃了那么多饼干?又为什么睡着了呢?"这些问题似乎没有答案,所以他就停下来,不再问了。

小鸟和松鼠还在叽叽喳喳地聊天。

熊呼哧呼哧地沿着铁锅边闻来闻去。

可怜的乔纳森!

小鸟不再叫了,松鼠也不再聊了,熊也不再闻来闻去。他们竖起耳朵听:那是什么?扑哧、扑哧、扑哧!

远处传来脚步声。靴子踩在雪地上,发出扑哧、扑哧的响声。铁杉山上来人了!

四下一片寂静，只有靴子踩雪的声音。乔纳森终于听到了爸爸的声音：

"喂，乔纳森！"

"喂，爸爸！"

乔纳森的声音有点儿小，因为他躲在锅底下。爸爸会听见吗？

爸爸又喊起来，声音更大了：

"喂，乔纳森！"

"喂，爸爸！"

熊害怕了，晃晃悠悠地进了树林。脚步声越来越近……

Chapter 10

第十章
熊出没

第十章 熊出没

乔纳森推开大铁锅,立起身。

熊不见了,小路上呢,走来了他的爸爸,拿着枪,后边跟着乔纳森的叔叔们:詹姆斯叔叔、塞缪尔叔叔、约翰叔叔和彼得叔叔。乔纳森这辈子也没有像现在这样见到叔叔们感到这样高兴。

爸爸说:"乔纳森,你把大家吓得不轻!你这么长时间上哪儿去了?"

乔纳森小声回答说:"我在翻铁杉山。"他一头扑进爸爸的怀里。

爸爸放开乔纳森,一眼看到了那口大锅,问道:"这是干什么的?为什么倒扣着?"

乔纳森回答说:"因为有熊啊!铁杉山上有熊出没!"

爸爸说:"都是胡说!"

乔纳森反驳道:"你不是带着枪吗?叔叔们不也是?"

爸爸说:"好吧……"

铁杉山上的熊

乔纳森指着地上的熊脚印,十分肯定地说:

"熊的!铁杉山上有熊!"

乔纳森的爸爸看到了雪地上的熊脚印,叔叔们也看到了。

他们说:"真的,真是这样!"

这些背枪的叔叔追进了树林。

爸爸说:"乔纳森,咱们得赶紧回家,你妈妈担心死了。你这趟山翻得太久了。"

乔纳森低下了头说:"是的,爸爸。"

爸爸问:"因为什么耽误了呢?"他们往山下走,乔纳森的爸爸提着锅。

乔纳森说:"我吃了饼干,又喝了牛奶,然后就睡着了……"

爸爸说:"嗯,跑腿的时候可不能这样。我想你得到了教训。"

铁杉山上很寂静,只有靴子踩雪扑哧、扑哧的声响。一只松鼠跳到树下,蹲在那儿望着乔纳森和他爸爸,两只爪子抱在胸前,似乎在说:"我什么都知道!"

"啪!"一声脆响。是什么发出的?树林里有人打枪吗?或者是树枝折断了?松鼠受了惊,一跳一跳上了树。

乔纳森说:"噢!"

爸爸说:"我敢说,今天晚上会吃到熊肉。"

他们继续往山下走,小鸟在树上叫着:

"我们什么都知道。"

乔纳森说:"小鸟、松鼠和兔子帮了我,他们是我的朋友。"

爸爸说:"他们这么小怎么能帮你呢?"

乔纳森说:"是这样……"这时他们已经来到了灰色石屋前,乔纳森已经来不及细说。

门开着,火光照出来,在雪地上映出一条温暖的、金色的小道。妈妈站在门口。

她叫道:"乔尼(乔纳森的昵称)!我真高兴你……"她一把抱住乔纳森,让他几乎喘不过气来。

他只能断断续续地说:"有……熊,在铁杉山……上,有……熊!"

然后,他从爸爸手里接过铁锅,放到屋子中央,骄傲地说:"我大老远翻过铁杉山,把它借来了,拿去用吧!"